16 und schwanger

Was nun?

In Einfacher Sprache

Spaß am Lesen Verlag
www.einfachebuecher.de

Diese Ausgabe ist eine Bearbeitung des Buches
16 & zwanger. Wat nu? von Marian Hoefnagel.

Text Originalfassung: Marian Hoefnagel
Illustrationen: Roelof van der Schans
Deutsche Übersetzung: Frederike Zindler
Redaktion und Gestaltung: Spaß am Lesen Verlag

ISBN 978-3-947185-81-8

Marian Hoefnagel

16 und schwanger

Was nun?

In Einfacher Sprache

Schwierige Wörter oder Ausdrücke sind unterstrichen. Die Erklärungen stehen in der Wörterliste am Ende des Buches.

Inhalt

Fast Weihnachten

Esther nimmt ihren Rucksack aus dem Auto.
Sie wirft die Autotür mit Schwung zu.
„Tschüss, bis nächste Woche",
ruft sie ihrer Mutter zu.
Esthers Mutter öffnet das Autofenster.
„Tschüss, mein Liebling", sagt sie.
„Grüß Oma von mir."

Sie will, dass ich ihr einen Kuss gebe, denkt Esther.
Aber dazu habe ich gerade keine Lust.
Sie setzt den Rucksack auf.
Er ist ziemlich schwer.
Sie hat auch ganz schön viel mitgenommen.
Warme Kleidung, extra Stiefel und Bücher.

Esther beugt sich zu ihrer Mutter herunter.
„Du rufst noch an und sagst Bescheid,
wann ihr nachkommt?", fragt sie.
Ihre Mutter nickt. „Ich muss weiter", sagt sie.
„Ich darf hier nicht stehen bleiben.
Tschüss, mein Liebling."
Ihre Mutter schließt das Autofenster wieder.

Sie startet den Motor und fährt weg.
Als sie um die Ecke biegt, winkt sie.
Esther winkt nicht zurück.

Esther überquert den großen Platz
und geht auf den Bahnhof zu.
Mitten auf dem Platz
steht ein riesiger Weihnachtsbaum.
Er ist über und über mit Lichtern geschmückt.
Wie viele Lampen das wohl sind?, denkt Esther.
Vielleicht tausend.
Ob die wohl alle an einem einzigen Kabel hängen?
Es muss ganz schön viel Arbeit gewesen sein,
sie aufzuhängen.

Dieses Jahr hat ihre Mutter
keinen Weihnachtsbaum gekauft.
„Ich bin nicht in Stimmung", hat sie gesagt.
Esther fand das schade.
Es riecht immer so gut
mit einem Weihnachtsbaum im Haus.

Früher haben sie immer zusammen
nach Weihnachtsschmuck geguckt.

Esther und ihre Mutter.
Jedes Jahr.
Sie sind dann an einem Nachmittag zusammen
in die Stadt gegangen.
Und sie waren in allen großen Warenhäusern.

Eine Karte kaufen

Esther geht durch die Drehtür.
Sie sieht sich, wie sie sich im Glas spiegelt.
Ein kleines Mädchen mit einem großen Rucksack.
Ich sehe schon ganz schön cool aus
mit dem Rucksack, denkt sie.
Als ob ich alleine Urlaub mache.

In der Bahnhofshalle ist es voll.
Esther weiß, wo sie hinmuss.
Sie hat noch keine Fahrkarte.
Also geht sie zum Schalter, um eine zu kaufen.
Hui, da stehen aber viele Leute und warten.
Sie sieht sich um.
Wo sind die Automaten?
Ah, da.
Bei den Automaten ist es nicht so voll.
Esther hat aber noch nie eine Karte
am Automaten gekauft.
Einmal ist immer das erste Mal, denkt sie.

Vor ihr steht ein Junge am Automaten.
Er liest laut vor, was er tun muss.

„Geben Sie die Station ein, zu der Sie reisen wollen."
Der Junge tippt Magdeburg ein.
Da will er wohl hin.
Esther schaut zu, wie er es macht.

„Auswahl treffen", liest der Junge weiter.
„Zweite Klasse oder erste Klasse.
Normalpreis oder Bahncard.
Nur heute gültig oder ohne Datum.
Nur Hinweg oder mit Rückweg.
Eine Person oder fünf Personen."
„Ganz schön schwierig", sagt Esther zu ihm.

Der Junge nickt.
Dann liest er weiter:
„Bezahlen: bar oder mit Karte."
Der Junge bezahlt bar.
Der Automat meldet: „Bitte passend zahlen."
Der Automat gibt kein Geld zurück.
Der Junge kramt viele Münzen zusammen.

Das war ja klar, denkt Esther.
Ich habe es nicht passend.
Jetzt muss ich doch noch zum Schalter.

Einkaufen

„Der Zug fährt von Gleis 5, um 10.03 Uhr“,
sagt die Frau am Schalter freundlich.
Sie gibt Esther ihr Ticket.
„Schöne Feiertage“, sagt sie auch noch.
„Vielen Dank“, antwortet Esther.
Sie steckt die Karte in ihre Geldbörse
und sieht auf die große Uhr mitten in der Halle.
Halb zehn. Esther hat noch genug Zeit.
Ich gehe noch in ein paar Geschäfte, denkt Esther.
Es gibt schöne Geschäfte in der Bahnhofshalle.
Einen Buchladen.
Einen Geschenkeladen.
Ein Geschäft mit Süßigkeiten.
Einen kleinen Supermarkt.
Eine Drogerie.
Einen Blumenladen.

Esther kauft eine Zeitschrift,
die sie im Zug lesen kann.
Sie kauft auch noch ein paar Bonbons für die Reise.
Die Fahrt zu Oma dauert ziemlich lange.
Bestimmt zwei oder drei Stunden.

Eigentlich muss ich Oma auch was mitbringen,
denkt Esther.
Sie sieht sich im Geschenkeladen um.
Es gibt tolle Sachen.
Aber für Oma ist nichts dabei.
Ein Spiel, bei dem es um Bier geht.
Ein Becher mit Asterix und Obelix.
Ein BVB-Schal.
Na, dann eben in den Blumenladen.

Sie kauft einen großen Weihnachts-Stern,
einen roten.
Der Mann im Blumenladen
packt die Pflanze schön ein.

Die Uhr in der Halle zeigt 10.00 Uhr.
Esther erschreckt sich.
Sie war doch so früh da!
Jetzt muss sie sich doch noch beeilen.
Kurze Zeit später steht sie an Gleis 5
und schnappt nach Luft.
Aber es ist kein Zug da.
Hoffentlich bin ich nicht zu spät, denkt Esther.
Sonst muss ich noch einmal eine Stunde warten.

Der Junge vom Kartenautomaten
steht auch an Gleis 5.
Er lächelt Esther zu.
„Ständig zu spät, diese Züge“, sagt er.
„Oh, zum Glück“, sagt Esther.
„Ich dachte schon, ich wäre zu spät.“
Dann kommt der Zug.

Nicht riechen

Sie steigen ein.
Im Zug ist es nicht so voll.
Esther nimmt den Rucksack ab
und zieht die Jacke aus.
„Soll ich den Rucksack ins Gepäckfach legen?",
fragt der Junge.
Esther nickt. „Ja, bitte", sagt sie.
„Ich komme da nicht dran."

Der Zug fährt los.
Esther lehnt sich an.
Sie schließt kurz die Augen.
Der Zug rattert über die Schienen.
Tschu-tschu hat Esther dieses Geräusch
früher genannt.
Es klingt gar nicht wie *tschu-tschu*, denkt Esther.
Es ist mehr ein: *ratter-ratter-ratter.*
Ratter-ratter-ratter: Es ist ein eintöniges Geräusch.

Plötzlich wird Esther wach.
Sie riecht etwas.
Der Junge ihr gegenüber isst ein Brötchen.

Ein Brötchen mit Fisch.
Esther mag keinen Fisch.
Von dem Geruch wird ihr schlecht.

„Holst du mir bitte meinen Rucksack
aus dem Fach?“, fragt sie den Jungen.
„Musst du schon aussteigen?“, fragt er.
„Nein“, sagt Esther.
„Ich setze mich lieber woandershin.“
Dann zögert sie kurz.
„Ich kann den Geruch von Fisch nicht ausstehen“,
sagt sie dann ehrlich.
„Oh“, sagt der Junge.
„Soll ich mein Brötchen wieder wegpacken?“

Aber Esther schüttelt den Kopf.
„Das ist nett von dir“, sagt sie.
„Aber der Geruch hängt hier schon in der Luft.
Ich kann das nicht haben.
Mir wird davon übel.
Ich bin nämlich schwanger.“

Sie erschrickt selbst kurz.
Das wollte sie eigentlich gar nicht sagen.

Sie will nicht einmal daran denken.
Der Junge steht auf und nimmt ihren Rucksack.
Esther zieht ihre Jacke an.
„Danke“, sagt sie zu dem Jungen.
Sie geht in den nächsten Waggon.
Sie setzt sich zu einer Frau mit einem Baby.
Den Rucksack stellt sie auf den Platz neben sich.

„Machst du Urlaub?“, fragt die Frau.
Sie lächelt Esther an.
Esther seufzt.
„So könnte man es nennen“, antwortet sie.

Das Baby

Am nächsten Bahnhof steigt ein Mann ein.
Er möchte sich auf den Platz neben Esther setzen.
„Kannst du deinen Rucksack bitte
ins Gepäckfach legen?“, fragt er.
„Nein, ich komme da nicht dran“, sagt Esther.
„Sonst hätte ich das schon gemacht.“
„Soll ich es tun?“, bietet der Mann an.
„Ja, bitte“, sagt Esther.

Der Mann nimmt den Rucksack
und packt ihn in das Gepäckfach.
„Können Sie mir bitte die Wickeltasche geben?“,
fragt die Mutter des Babys.
„Natürlich“, antwortet der Mann.
Er nimmt die Wickeltasche herunter.
Der Frau nimmt eine saubere Windel
und ein Fläschchen heraus.

„Wie alt ist Ihr Baby?“, fragt der Mann.
„Zwei Monate“, sagt die Mutter.
Sie steckt dem Baby den Sauger des Fläschchens
in den Mund.

„Und wie heißt er?“, fragt der Mann weiter.
„Es ist ein Mädchen“, antwortet die Mutter.
„Sie heißt Daisy.“
„Was für ein schöner Name“, sagt der Mann.
„Gänseblümchen.“

Die Frau sieht ihn überrascht an.
Dann fängt sie an zu lachen.
„Daran hatte ich noch gar nicht gedacht“, sagt sie.
„Aber Sie haben recht.
Daisy heißt Gänseblümchen.“
Die Frau streichelt ihrem Baby
sanft über den Kopf.
„Na Daisy, na Gänseblümchen“, sagt sie leise.

Esther schaut aus dem Fenster.
Die Mutter ist glücklich mit ihrem Baby, denkt sie.
Ob sie wohl vor zehn oder elf Monaten
auch glücklich war?
Vor zehn oder elf Monaten wusste die Frau gerade,
dass sie schwanger ist.
Genau wie Esther jetzt.
Seit drei Wochen weiß Esther es jetzt.
Und sie ist gar nicht glücklich.

Esther steht auf.
„Können Sie mir bitte meinen Rucksack geben?",
fragt sie den Mann.
Der Mann sieht sie überrascht an.
„Ich habe ihn doch gerade erst weggeräumt",
sagt er und klingt etwas ärgerlich.
„Ich weiß. Es tut mir leid", sagt Esther.
„Aber ich möchte woanders sitzen."
Der Mann sagt nichts mehr.
Er gibt Esther den Rucksack.

„Tschüss", sagt Esther zu dem Mann und der Frau.
Und sie geht weiter.

Ein kleiner Bahnhof

Der Zug hält an einem kleinen Bahnhof.
Esther schaut zu den Leuten am Bahnsteig.
Da steht eine Gruppe Mädchen.
Die Mädchen lachen zusammen.
Ein Stück weiter steht ein Junge
und lehnt sich an ein Plakat.
Die Mädchen schauen manchmal zu ihm rüber.
Aber er schaut nicht zurück.

Der Junge hört Musik; er trägt Kopfhörer.
Er bewegt den Kopf im Takt der Musik.
Ungewollt schwanger? steht in großen Buchstaben
auf dem Plakat über dem Kopf des Jungen.
Esther erschreckt sich.
Woher wissen die das?, denkt sie.

Sie liest weiter: *Wir helfen Mutter und Kind.*
Dann kommt eine Telefonnummer.
Esther nimmt einen Stift aus ihrer Jackentasche.
Sie findet so schnell keinen Zettel,
um die Nummer aufzuschreiben.
Dann eben auf die Hand.

Esther lehnt sich mit dem Kopf ans Fenster.
Es fühlt sich kühl an. Schön.
Sie versucht, an schöne Dinge zu denken.
Vielleicht schneit es bald.
Dann ist es bei Oma so schön.
Vor allem, wenn sie mit Bob durch den Wald geht.
Sie lächelt kurz, als sie an Bob denkt.
Bob ist ein toller Hund,
mit all den Haaren vor den Augen.

Wenn Esther bei Oma ist, fühlt sie sich immer wohl.
Viel wohler als zu Hause.
Oma wohnt in einem kleinen Dorf.
Oder eigentlich: außerhalb von einem kleinen Dorf.
Oma mag die Stille. Genau wie Esther.

Esthers Mutter mag das gar nicht.
Sie war froh, als sie aus dem kleinen,
langweiligen Dorf wegziehen konnte.
Sie fühlt sich wohl in der Stadt.
Viele Menschen, viele Geschäfte.
Das mag Esthers Mutter.

Bloß nicht nachdenken

Der Zug rattert weiter.
Esther nimmt ihre Zeitschrift.
Sie will ein bisschen lesen.
Aber als sie die Zeitschrift aufschlägt,
erschreckt sie sich wieder.
Ungewollt schwanger? steht dort
in großen, rosa Buchstaben.
Das gibt es doch nicht!
Esther sieht sich um.
Es scheint, als ob alle es wissen.
Sie dreht sich ein wenig,
sodass niemand anderes den Text lesen kann.
Dann liest sie weiter.
Wenn man ungewollt schwanger ist, gibt es drei Möglichkeiten, steht in der Zeitschrift.
Das Baby abtreiben, das Baby abgeben
oder das Baby behalten.

Ja, darüber denkt Esther auch die ganze Zeit nach.
Was man machen sollte, hängt auch
von der Beziehung ab, steht in dem Artikel.
Ein Mädchen, das vergewaltigt wurde,

wird sich eher für eine Abtreibung entscheiden.
Wenn man aber total verliebt ist,
will man das Baby lieber behalten.

Esther seufzt.
Sie wollte zu ihrer Oma, um nicht mehr
darüber nachdenken zu müssen.
Aber bis jetzt funktioniert das nicht.

Esther nimmt ihr Handy und macht Musik an.
Sie schließt die Augen und träumt ein bisschen.
Sie hört gerne Musik.
Sie versucht, den Text von den Liedern zu verstehen.
Die meisten sind englisch.
Das ist eine gute Übung,
hat ihr Englisch-Lehrer gesagt.
Man versucht, englische Lieder zu verstehen.
So macht man eigentlich
einen Hörverständnis-Test.
Bei manchen Stücken klappt das ganz gut.
Die versteht Esther sofort.
Andere Stücke sind schwierig.
Solange sie Musik hört,
denkt Esther nur an die Lieder.

Oma

Esthers Oma steht am Bahnhof und wartet.
Esther steht am Fenster und winkt.
„Oma“, ruft sie. „Hallo, Oma!“
Ja, jetzt sieht Oma ihre Enkelin auch.
Sie winkt fröhlich zurück.
Oma freut sich, dass Esther
ein paar Tage bei ihr bleibt.
Esther ähnelt ihrer Oma sehr.
Esther ähnelt Marlies, ihrer Mutter,
überhaupt nicht.
Und Marlies ähnelt Oma wiederum gar nicht.

Esther fällt fast aus dem Zug, so schwer ist
ihr Rucksack und so groß ist die Pflanze.
„Kind, was hast du bloß alles mitgebracht?“,
fragt Oma erstaunt. „Willst du umziehen?“
„Wenn das gehen würde“, grinst Esther.
Sie stellt ihren Rucksack auf den Boden
und schlingt ihre Arme um Omas Hals.
„Oh, Oma, es ist so schön,
dich wiederzusehen“, sagt sie.
Oma drückt Esther und streicht ihr über die Haare.

„Ich freue mich auch, mein Schatz“, sagt sie.
„Komm, nimm deinen Rucksack.
Dann gehen wir schnell zum Auto.
Es wird ziemlich kalt.“
Ja, das spürt Esther jetzt auch.
„Hier ist es viel kälter als bei uns“, sagt sie.
Oma nickt: „Es liegt Schnee in der Luft.“

Omas Haus steht am Waldrand.
Ein kleiner Weg führt dorthin.
„Ich hoffe, dass wir einschneien“, sagt Esther.
„Das habe ich noch nie erlebt.
Das wäre bestimmt spannend.“
Oma muss lachen.
„Es ist nur schön, wenn es nicht lange dauert“,
sagt sie.
„Aber ich habe genug zu essen,
um es einen Monat lang auszuhalten.“

„Auch für die Tiere?“, fragt Esther.
Oma hat viele Tiere. Bestimmt zehn.
Bob, den Hund. Maus, den Kater.
Minusch und Mieze, die Katzen.
Dann gibt es noch ein altes Pony: Pon.

Pon steht meistens im Schuppen.
Zwei Schafe ohne Namen sind immer draußen,
auf der Weide.
Und dann gibt es noch zwei zahme Kaninchen:
Piffy und Miffy.
Esther zählt nach.
Neun Tiere, keine zehn.

„Natürlich habe ich Futter für die Tiere“, sagt Oma.
„Sonst könnte ich selbst nichts essen.“

Oma und die Tiere

Das Auto hoppelt durch den Garten.
Oma hat keine ordentliche Auffahrt.
Nichts bei Oma ist ordentlich.
Aber dafür ist es bei Oma richtig gemütlich.

Oma parkt das Auto neben dem Schuppen
und steigt aus.
„Lass uns schnell Pon begrüßen", sagt Oma.
Esther geht mit ihr in den Schuppen.
Da riecht es nach Heu und nach Pferd.
Esther mag den Geruch.
Das alte Pony schnaubt glücklich,
als es Oma und Esther sieht.
Esther streichelt es an der Nase.
„Hallo Pon", sagt sie.
„Ich bleibe ein paar Tage.
Das gefällt dir hoffentlich, oder?"

Sie gehen weiter nach drinnen.
Da will Bob erst gestreichelt werden.
Der Hund wirbelt um Esther herum.
Er hat sie schon immer geliebt.

Auch der Kater und die Katzen
kommen herbeigelaufen.
„Na, na“, sagt Oma.
„Was ist denn das für eine Begrüßung.
Könnt ihr Esther nicht erst einmal
ankommen lassen?
Das Kind war gerade drei Stunden unterwegs.“

Aber Esther findet das überhaupt nicht schlimm.
Sie streichelt den Kater und die Katzen.
Sie tobt mit Bob herum.
Sie geht auch noch kurz zu den Kaninchen
und den Schafen.
Oma macht inzwischen Tee.
Echten Oma-Tee: aus Blüten.

„Was rieche ich da Leckeres?“, fragt Esther.
„Es ist ein Apfelkuchen im Ofen“, sagt Oma.
„Aber der ist erst in einer Viertelstunde fertig.
Zu der zweiten Tasse Tee können wir
ein Stück Kuchen essen.“

Esther setzt sich auf das Sofa, vor das Fenster.
Wenn sie rausschaut, sieht sie die Schafe.

Wenn sie sich umsieht, sieht sie den Kater,
die Katzen und den Hund.
Herrlich, so ein Leben mit Tieren, denkt sie.

Marlies und Daniel

„So“, sagt Oma.
Sie stellt eine Tasse Tee vor Esther auf den Tisch.
„Jetzt sehe ich mir dich mal genauer an.
Ich habe dich lange nicht mehr gesehen.“
Oma setzt sich gegenüber von Esther an den Tisch.
Sie sieht ein kleines Mädchen mit braunen Haaren.
Mit einer Nase voller Sommersprossen.
Große, graue Augen sehen Oma neugierig an.
„Und? Was meinst du?“, fragt Esther.

„Hm“, sagt Oma.
„Du bist nicht gewachsen. Aber irgendwie …“
„Was?“, fragt Esther.
„Tja, ich weiß nicht. Erwachsener vielleicht.“
„Sag doch einfach: dicker“, sagt Esther.
„Nein, das ist es nicht“, sagt Oma.
„Wie kommst du darauf?
Du bist nicht dicker als letztes Mal.“

„Nun, das kommt noch“, murmelt Esther.
Oma tut, als ob sie nichts gehört hat.
„Wie geht es Marlies?“, fragt sie.

Marlies, der Mutter von Esther.
Esther hat noch nie Mama zu ihr gesagt.
Schon als sie ganz klein war,
hat sie ihre Mutter Marlies genannt.

„Marlies hat viel zu tun“, antwortet Esther.
„Wie immer“, nickt Oma.
„Und dein Vater?“, fragt Oma dann.
Esther denkt kurz nach. Ihr Vater, ach.
Das ist so ein lieber Mann.
Ganz anders als Marlies.

Marlies ist immer beschäftigt, mit der Arbeit.
Marlies hat nie Zeit für andere Dinge.
Daniel, Esthers Vater,
hat immer Zeit für seine Tochter.
Daniel kocht und wäscht und kauft ein.
Daniel hilft Esther mit den Hausaufgaben.
Esther bespricht ihre Probleme
am liebsten mit Daniel.

„Daniel geht es gut“, sagt Esther zögernd.

Ein alter Bauernhof

Oma fragt nicht weiter nach.
Wenn Esther etwas erzählen will,
dann wird sie das von selbst tun, denkt Oma.
Sie sagt: „Wir werden viel zu tun haben, Esther.
Wir müssen für Weihnachten schmücken.
Wir müssen dafür sorgen, dass alle
an den Feiertagen hier übernachten können.
Jetzt habe ich nur ein Bett für mich
und eins für dich.
Aber wenn Marlies und Daniel kommen,
brauchen wir ein extra Zimmer.
Wir müssen gucken, welches Zimmer wir
als Gästezimmer nutzen.
Vielleicht das Zimmer im Keller.
Oder das Arbeitszimmer."

Esther nickt.
Omas Haus ist nicht groß.
Es ist ein alter Bauernhof, von 1860.
Er sieht niedlich aus,
mit einem Strohdach und Fensterläden.
Aber es ist nicht modern.

Es gibt keine Heizung, sondern Holzöfen.
Das Haus ist sehr niedrig:
Esthers Vater kann nicht überall aufrecht stehen.
Es gibt kein schönes Badezimmer.
Nur eine Dusche in einem Schrank.
Oma putzt ihre Zähne immer in der Küche.
Früher gab es nicht einmal eine Toilette im Haus.
Es gab ein Toilettenhaus, draußen.
Mit einem ausgeschnittenen Herz in der Tür.
Zum Glück hat Oma später drinnen
eine Toilette einbauen lassen.

Und dann die Küche.
Die ist sehr alt. Und sehr schön.
Es gibt einen richtigen Kamin mit alten Fliesen.
Früher wurde in dem Kamin geräuchert:
Wurst und Schinken.
Jetzt steht Omas Herd dort.
Die Küche ist ziemlich groß.
Darin steht ein Esstisch mit Stühlen.
Bei Oma wird immer in der Küche gegessen.

Esther und Oma sitzen jetzt im Wohnzimmer.
Das ist klein, kleiner als die Küche.

Die Fenster sind sehr niedrig
und gehen bis auf den Boden.
Wenn man sitzt, kann man rausgucken.
Wenn man steht, guckt man vor die Wand;
so niedrig sind die Fenster.

Vor den Fenstern gibt es grüne Fensterläden.
Gardinen aus Holz, so nennt Oma sie.
Abends muss man die Läden schließen.
Dazu muss man erst raus.
Das ist schon ziemlich lästig.

Dunkel

„Es wird schon dunkel“, sagt Oma.
„Ich mach mal die Kerzen an.“
„Au ja“, sagt Esther.
Oma hat überall Kerzen stehen:
vor dem Fenster, auf dem Tisch.
„Soll ich auch die Lampe anmachen?
Nur mit Kerzen kann man nicht lesen.“

Esther schüttelt den Kopf. „Ich will nicht lesen.“
„Vielleicht kannst du mir dann helfen,
das Essen zu machen?“, fragt Oma.
„Ich mache Gemüsesuppe.
Das Gemüse muss geschnitten werden.“
„Gut“, sagt Esther.
Sie nimmt ein Schneidebrett
und setzt sich an den großen Küchentisch.
Oma gibt ihr eine große Zwiebel.
„Fang mal damit an.“

Esther fängt an zu schneiden.
Ihr kommen die Tränen.
Es wird immer schlimmer.

Oma lacht: „Halte die Zwiebel kurz
unter kaltes Wasser.
Dann ist es leichter."

Sie machen zusammen Gemüsesuppe.
Und sie backen ein Baguette.
Dann machen sie Pudding mit Beerensaft.
Sie setzen sich gemütlich zum Essen hin.
Danach waschen sie ab.
„Ich mache Kaffee", sagt Oma.
„Machst du bitte die Fensterläden zu?"

Esther nimmt eine große Taschenlampe
und geht nach draußen.
Es ist schön hell.
Es sind viel Sterne am Himmel.
Esther läuft um das Haus herum.
Erst zum Wohnzimmer.
Von draußen sieht es gemütlich aus.
Esther schließt die Läden.
Sie knacken beim Schließen.

Dann geht Esther zur Küche.
Esther sieht, wie ihre Oma Kaffee kocht.

Eine alte Frau in einem alten Haus.
Esther erschreckt sich.
Das hat sie noch nie gedacht bei ihrer Oma:
eine alte Frau.
Sie schließt auch die Läden am Küchenfenster.
Das geht ziemlich schwer.

Die anderen Läden sind kleiner.
Die sind einfacher.
„Es ist kalt draußen“, sagt Esther,
als sie hereinkommt.
Oma nickt.
„Ich gebe dir eine extra Decke für heute Nacht“,
sagt sie.

Früher und heute

Neben der Küche gibt es noch zwei Zimmer:
Omas Schlafzimmer und Omas Arbeitszimmer.
Im Arbeitszimmer stehen
überall Bücherschränke.
Omas Schlafzimmer ist winzig.
Darin steht auch kein normales Bett;
das würde nicht reinpassen.
Oma schläft in einer Art Schrank in der Wand:
in einem Alkoven.
Esther findet das toll:
Oma muss nämlich nie ihr Bett machen.
„Ich mache morgens einfach die Türen zu“,
lacht Oma. „Und abends mache ich sie wieder auf.“

Im Wohnzimmer gibt es auch einen Alkoven.
Darin darf Esther schlafen.
Oma benutzt den Alkoven im Wohnzimmer
sonst nie als Bett.
Meistens nutzt sie ihn als Schrank für allerlei Zeug.
Nur wenn Esther da ist,
dann wird er zum Bett.
Weil Esther so gerne in einem Alkoven schläft.

Oma öffnet die Türen und legt eine dicke Decke auf Esthers Bett.

„Die Leute haben früher viel schöner gelebt“, sagt Esther.
„Es ist so gemütlich in einem Alkoven, hinter den Türen.“
Oma muss lachen.
„Du vergisst da etwas“, sagt Oma.
„Du schläfst alleine in dem Alkoven.
Früher lagen darin fünf oder sechs Kinder.
Das war vielleicht lustig, aber auch eng.“
Ja, daran hatte Esther nicht gedacht.

„Aber mit so vielen in einem Bett war es zumindest schön warm“, sagt sie.
„O ja“, sagt Oma.
„Und das war auch notwendig.
Denn es gab keine Heizung.
Es gab nur das Feuer in der Küche.
Das machte schön warm, wenn gekocht wurde.
Dann saßen alle um das Feuer herum.
Im Rest vom Haus war es aber genauso kalt wie draußen.“

„Hm“, sagt Esther. „Vielleicht ist es doch besser, heute zu leben.“
„Da bin ich mir ziemlich sicher“, sagt Oma.
„Unsere Vorfahren hatten ein schweres Leben.“
„Haben sie auch hier gewohnt?“, fragt Esther.
Oma nickt. „Dieser Bauernhof hat immer meiner Familie gehört.
Erst wohnten meine Großeltern hier.
Dann meine Eltern.
Und dann Opa und ich, mit Marlies.“

Träume im Alkoven

Esther liegt gemütlich im Alkoven.
Die Türen stehen einen Spalt offen.
„Du darfst die Türen nicht ganz zumachen“,
hat Oma gesagt.
„Sonst wird es zu stickig.“

Esther hat Oma noch nichts erzählt.
Heute Abend war es so schön.
Sie hatte keine Lust auf ein schwieriges Gespräch.
Es ist so nett bei Oma.
Oma und sie machen alles zusammen.
Sie machen alles in Ruhe.
Ach, könnte sie doch bei Oma wohnen!
Dann wäre alles vielleicht viel einfacher.

Esther schläft ein und träumt.
Sie wohnt bei Oma, mit dem Baby.
Im Sommer steht die Wiege einfach draußen,
in der Sonne.
Bob, der Hund, liegt daneben.
Er passt auf das Baby auf.
Wenn das Baby größer ist,

kann es auf Pon reiten.
Pon ist zwar alt, aber ein kleines Kind
kann er noch tragen.

Oma und Esther arbeiten zusammen in der Küche.
Sie backen Brot und machen Gemüsesuppe.
Das Leben ist einfach und gut.
Esther schließt abends die Läden.
Oma macht morgens die Läden wieder auf.

Esther wacht kurz auf. Sie seufzt.
Das echte Leben ist natürlich ganz anders.
Marlies würde es niemals erlauben,
dass sie mit ihrem Baby bei Oma wohnt.
Marlies findet, dass Esther
überhaupt kein Kind kriegen sollte.
Und vielleicht will Oma das auch nicht.
Oma wird alt.
Ein Baby ist viel zu viel Arbeit für sie.

Wenn ich doch nur wüsste,
was ich selbst will, denkt Esther.
Sie legt die Hände auf den Bauch.
Es ist ein merkwürdiger Gedanke,

dass da jetzt ein Baby wächst.
Es ähnelt jetzt einer Kaulquappe.
Und trotzdem ist es ein Baby.
Von ihr. Und von Joris.
Tja, Joris.
Der weiß es auch noch nicht.

Esther schläft wieder ein.
Jetzt träumt sie von Joris.
Dem coolen Joris.

Unten

Am nächsten Morgen ist Esther früh wach.
Sie zieht ihren Bademantel an
und ein paar dicke Socken.
Dann geht sie in die Küche.
Dort steht eine Kanne Tee auf einem Stövchen.
Aber Oma ist nirgendwo zu sehen.

Esther geht nach unten, in den Keller.
Da bewahrt Oma ihre Vorräte auf.
Körbe mit Kartoffeln und Zwiebeln stehen dort.
Im Sommer wachsen die auf Omas Land.
Im Herbst erntet Oma die Kartoffeln und Zwiebeln.
Und im Winter isst sie davon.
Bis wieder Frühling ist.
Dann pflanzt Oma neue Kartoffeln und Zwiebeln.
Oma kauft nie Kartoffeln oder Zwiebeln.

An den Wänden im Keller stehen Regale.
Auf diesen Regalen stehen Gläser mit Gemüse:
Rüben und Bohnen.
Da stehen auch Gläser
mit Marmelade und Apfelmus.

Das macht Oma immer selbst aus den Früchten
und dem Gemüse in ihrem Garten.

Esther hilft Oma gerne mit den Vorräten.
Es ist immer viel Arbeit:
Gläser gut saubermachen,
Gemüse und Früchte putzen und kochen.
Dann die Gläser befüllen und zumachen.
Marlies hatte nie Lust dazu; das weiß Esther.
Marlies kauft lieber alles im Supermarkt.

Neben dem Vorratskeller
gibt es noch ein Zimmer.
Das Zimmer hat ein großes Fenster.
Davor ist ein Fensterladen.
Früher war es das Schlafzimmer von Marlies.

„Es war ein sehr schönes Zimmer“,
sagt Marlies immer.
„Im Sommer war es nicht zu warm
und im Winter nicht so kalt.“
Das liegt daran, dass das Zimmer
unter der Erde liegt.
Da bleibt die Temperatur immer gleich.

Esther sieht sich um, aber Oma ist nicht da.
Nicht im Vorratskeller
und nicht im Zimmer daneben.
Esther geht die Treppe wieder rauf.

Schnee

Oma kommt gerade herein.
Sie trägt einen großen Korb voll Holz.
Sie klopft sich den Schnee von der Jacke.
„Hast du schon rausgesehen?“, fragt sie.
„Schnee!“, ruft Esther.
Sie rennt ins Wohnzimmer.
Oma hat die Läden geöffnet.
Alles ist weiß: die Weide, die Bäume, der Zaun.
Es sieht toll aus.

„Es sieht aus wie auf einer Weihnachtskarte“,
sagt Esther verträumt.
Sie setzt sich auf den Boden vor das Fenster.
Die zwei Schafe laufen vorbei.
Im Schnee sehen sie fast schon gelb aus.
„Sie können kein Gras finden“, sagt Esther.
„Wie blöd.“
„Ich gebe ihnen gleich Futter“, sagt Oma.
„Jetzt trinken wir erst mal einen Tee zusammen.“

Wenig später frühstücken sie zusammen.
Oma hat Eier mit Speck gebraten.

Aber Esther hat keinen Hunger.
Ihr ist ein bisschen schlecht.
„Was ist los, Esther?“, fragt Oma.
Esther seufzt.
„Ich bin schwanger“, sagt sie dann.

Oma ist kurz still.
Sie beißt von ihrem Brot ab.
Sie trinkt einen Schluck Tee.
Dann nickt sie.
„Jetzt verstehe ich es“, sagt sie.
„Was?“, fragt Esther.
„Marlies hat gefragt,
ob du ein paar Tage hierbleiben darfst.
Sie sagte, sie macht sich Sorgen.
Mehr wollte sie nicht sagen.
Aber jetzt verstehe ich es.“

Sonst sagt Oma nichts.
Sie ist nicht wütend.
Sie ist nicht schockiert.
Sie ist nicht traurig.
Sie isst ihr Brot mit Ei und Speck.
Sie trinkt eine Tasse Tee und dann noch eine.

„Erstmal wird gearbeitet“, sagt Oma dann.
„Wir müssen die Betten lüften,
den Boden fegen und den Abwasch machen.
Dann versorgen wir die Tiere.
Danach trinken wir Kaffee.
Und dann reden wir weiter.“

Die Schafe kriegen Namen

Esther hat sich eine warme Hose angezogen.
Und einen dicken Pullover.
Sie trägt zwei Paar Socken.
Und jetzt geht sie in ihren dicken Stiefeln
durch den Schnee.
Unter ihren Füßen knackt es.
Sie hinterlässt eine Spur im Schnee.
Bis zum Ende der Wiese.
Und wieder zurück.

Draußen ist es wunderbar.
Die Sonne scheint.
Der Wald sieht von Weitem toll aus.
Grüne Tannen voller Schnee.
Es ist schöner als auf einer Weihnachtskarte.
Soll ich einen Schnee-Engel machen?, denkt Esther.
Sie hat schon Lust dazu.
Aber vielleicht ist es ein bisschen kindisch.

Sie geht in den Schuppen,
um Futter für die Schafe zu holen.
Pon wiehert, als sie hereinkommt.

„Hallo Pon“, sagt Esther.
Sie gibt ihm ein Zuckerstück.
Dann nimmt sie etwas Futter
und legt es draußen hin.
„Schafe“, ruft Esther.
Wie blöd das klingt, denkt Esther.
Sie müssen Namen haben.
Das ruft sich leichter.

Esther überlegt eine Weile.
„Wolli und Fussel“, ruft Esther dann.
Aber die Schafe kommen nicht.
Sie kennen ihre neuen Namen noch nicht.
Daran müssen sie sich erst gewöhnen.

Dann streut Esther Brot für die Enten.
Sie hängt ein paar Futterkugeln für die Vögel auf.
Die Kaninchen kriegen eine Möhre
und sauberes Wasser.
Sie streut auch etwas frisches Stroh in ihren Käfig.

„Und jetzt Kaffee“, sagt Esther zu sich selbst.
Sie geht wieder ins Haus.
Drinnen ist es schön warm.

Und es riecht nach Kaffee.
Oma hat schon zwei Tassen eingegossen.
„Ich habe den Schafen Namen gegeben“,
sagt Esther.
„Das wird ihnen gefallen“, sagt Oma.

Silber putzen

„Na“, sagt Oma. „Dann erzähl mal.“
Sie trinken zusammen Kaffee.
Wo soll ich bloß anfangen?, denkt Esther.
Sie nimmt einen Schluck Kaffee.
Lecker, Milchkaffee.

„Ich weiß nicht, was ich tun soll“, sagt Esther.
„Marlies findet, dass ich abtreiben soll.
Marlies denkt, das ist die einzige Lösung.
Sie sagt, dass ich viel zu jung bin,
um ein Baby zu haben.
Sie findet es wichtig,
dass ich meine Jugend genießen kann.“

Oma schaut ernst drein.
„Fang lieber am Anfang an“, sagt sie.
Esther sieht sie überrascht an.
„Es muss doch ein Junge dabei gewesen sein“,
sagt Oma. „Schwanger wird man nicht alleine.“

Esther lacht los.
Nein, natürlich nicht.

„Es war an meinem Geburtstag“, sagt Esther.
Und dann stoppt sie.
Sie sucht nach Worten.
Wie soll sie das bloß erzählen?
„Lass uns zusammen etwas arbeiten“,
sagt Oma dann.
„Dabei kann man sich viel besser unterhalten.“

Oma zieht eine Schublade auf.
Die ist voller Messer, Löffel und Gabeln.
Sie legt zwei Küchentücher auf den Tisch.
Sie nimmt eine Dose Silber-Politur
und zwei Putztücher.
Wenig später putzen sie beide das Silber-Besteck.
Es ist sehr alt; es ist noch von Omas Oma.

„Joris war auch auf meinem Geburtstag“,
erzählt Esther.
„Er ist der coolste Junge auf der Schule.
Ich war so stolz, dass er zu meiner Party kommt.
Er hatte ein tolles Geschenk dabei:
einen Gürtel mit einer breiten Schnalle
voller Glitzersteine.
Wir haben zusammen getanzt und uns geküsst.“

Oma nickt und denkt nach.
„Das klingt nicht so, als ob Joris
die Liebe deines Lebens ist“, sagt sie dann.

„Ich bin schon in ihn verliebt“, sagt Esther.
Sie überlegt ein bisschen.
„Sogar sehr verliebt,“ sagt sie dann.

„Und er?“, fragt Oma.
Esther spürt, wie ihre Wangen rot werden.

Joris

Das ganze Silber ist geputzt.
Es liegt in der Schublade und glänzt.
Oma sieht es sich an. Sie lächelt.
„Meine Oma hat es bekommen,
als sie geheiratet hat“, sagt sie.
„Meine Oma war damals 17.
Mein Opa war viel älter: 30.“

Esther gleitet mit dem Finger
über die glänzend geputzten Messer.
Es ist ein schöner Gedanke,
dass ihre Ur-Ur-Großeltern hiermit gegessen haben.
Und ihre Ur-Großeltern.
Und ihre Großeltern.
Und ihre Eltern.

„Dieses schöne Besteck wurde nur
an Feiertagen benutzt“, sagt Oma.
„Und am Sonntag. Das war auch eine Art Feiertag.“
„Benutzen wir es an Weihnachten?“, fragt Esther.
„Ja, jetzt ist es wieder schön sauber.
Dann können wir es benutzen“, sagt Oma.

„Wir trinken noch eine Tasse Kaffee“, sagt Oma.
„Die haben wir uns verdient,
nach dem ganzen Putzen.“

Als Oma mit dem Rücken zu Esther steht,
sagt Esther:
„Vielleicht verliebt Joris sich von alleine in mich.
Wenn ich ihm erzähle, dass ich schwanger bin.
Vielleicht will er mich dann heiraten.“

„Ach, mein Schatz, glaubst du das wirklich?“,
fragt Oma und schaut Esther an.
„Dieser Junge hat dich noch nie richtig angesehen.
An einem Abend tanzt ihr miteinander
und küsst euch.
Und dann ist er mit dir ins Bett gegangen.
Aber danach hat er sich nicht mehr gemeldet.“

Sie stellt eine Tasse Kaffee vor Esther auf den Tisch.
Esther rührt darin herum.
Sie hat Tränen in den Augen.
Oma hat natürlich recht.
Joris empfindet nichts für sie.
Sie war toll, für den einen Abend.

Aber ansonsten will er nichts von ihr.
Und schon gar nicht jetzt mit dem Baby!

„Man sollte nur heiraten,
wenn man sich wirklich liebt“, sagt Oma.
„Man sollte nur heiraten,
wenn man sich ganz sicher ist.
Eine Ehe ist nicht leicht.
Es klingt immer so romantisch.
Und das ist es zu Anfang auch.
Aber nach einer Zeit wird es schwieriger.
Wenn man sich dann nicht wirklich liebt,
klappt es nicht.
Und das ist noch viel schlimmer.
Eine Scheidung sorgt immer für viel Schmerz.“

Ein besonderes Geschenk

Esther liegt auf dem Bauch
vor den niedrigen Fenstern im Wohnzimmer.
Der Ausblick ist fantastisch.
Aber sie sieht nicht richtig hin.
Sie denkt nach. Über Joris.
Es war so romantisch an ihrem Geburtstag.
Die Musik. Und dann das Tanzen.
Die Küsse auf dem Flur.
Dann heimlich nach oben, in ihr Zimmer.

Die Party war noch im Gange.
Alle waren am Tanzen.
Marlies und Daniel waren ins Kino gegangen.
Sie waren noch nicht zurück.

„16 ist ein besonderes Alter", hatte Joris gesagt,
als sie in ihrem Zimmer waren.
„Sweet sixteen, never been kissed."
„Pah", hatte Esther gesagt.
„Ich wurde schon mal geküsst."
„Ach ja, ist das so?"
Joris hatte sie lachend angesehen.

„Und sonst so?“, hatte er gefragt.
„Was?“, fragte Esther.
„Was sonst so?“

Joris hatte darauf nichts mehr gesagt.
Er hatte sie geküsst.
Er hatte ihr das Kleid ausgezogen.
Er hatte sie gestreichelt.
Oh, es war alles so schön.
Dann hatte Joris seinen Pullover
und sein T-Shirt ausgezogen.
Joris hat einen schönen Körper.
Esther gefiel es, ihn sich anzusehen.

Als er seine Boxershorts auszog,
zuckte sie kurz zusammen.
Sie hatte einen Jungen noch nie nackt gesehen.
Na ja, auf Bildern schon.
Aber nicht so wie jetzt, mit einem großen Penis.
Das passt doch nie, dachte sie noch.
Und das hatte sie Joris auch gesagt.
Der hatte gelacht.
„Wenn es weh tut, höre ich auf“, sagte er.
Er hatte sie auf das Bett gezogen.

Sie legten sich unter die Decke.
„Ich mache dir ein ganz besonderes Geschenk
zum Geburtstag“, sagte Joris.

Na ja, denkt Esther,
während sie die Schafe beobachtet.
Das Geschenk ist noch viel spezieller,
als er geglaubt hat.

Opa und Oma

Oma hat ein Fotoalbum aus dem Schrank geholt.
Oma hat viele Fotoalben.
Das ist das Album von ihr und Opa.
„Guck mal“, sagt Oma.
„Hier bin ich 15. Und Opa ist 16.“

Sie zeigt auf zwei Gesichter auf einem Foto.
Auf dem Foto sind eine Menge junger Leute.
Es scheint, als ob sie sich alle schick gemacht haben.
Esther muss über das Bild lachen.
Alle tragen ganz altmodische Kleidung.
Ein paar Mädchen haben große Schleifen
in den Haaren.
Das muss man sich mal vorstellen.
15 und Schleifen in den Haaren!

„Wart ihr damals schon verliebt?“, fragt Esther.
„Ja, ich glaube schon“, sagt Oma.
„Aber es war anders damals.
Niemand sprach über Liebe und Sex.
Heute gehen schon achtjährige Kinder miteinander.
Damals gab es so was nicht.“

„Hat Opa dich gefragt, ob du mit ihm gehen willst?“
Esther will alles wissen.
Oma nickt. „Ja. Ein Mädchen hätte nie gefragt.
Als Mädchen musste man einfach abwarten.
Man zeigte nicht, dass man einen Jungen mag.
Das gehörte sich einfach nicht.
Dann sagten die Leute:
Das Mädchen ist verzweifelt
und läuft dem Jungen nach.
Also tat man so,
als ob man Jungen nicht interessant findet.“
Esther muss lachen: „Man durfte nicht zeigen,
dass man verliebt war?“
„Nein, das gehörte sich nicht für ein Mädchen“,
sagt Oma.
„Zum Glück ist das heute anders“, sagt Esther.
Oma nickt: „Ja, heute dürfen Mädchen
viel mehr als früher.“

Esther nickt nachdenklich.
„Wann hat Opa dich gefragt?“, fragt sie dann.
„Auf einer Feier von der Kirche“, sagt Oma lachend.
„Die Kirche war wichtig für uns.
Wir sind jeden Sonntag hingegangen.

Dann mussten wir dem Pfarrer zuhören.
Das war oft langweilig.
Aber die Kirche organisierte auch
Feiern für Jugendliche.
Und die waren wirklich schön.
Da wurde getanzt und es wurden Spiele gespielt."

„Bestimmt Mühle", sagt Esther.
Sie rümpft die Nase.
„Auch Mühle", nickt Oma.
„Aber auch andere Spiele.
Welches Mädchen zuerst
drei linke Männerschuhe sammeln konnte.
Solche Sachen. Wir haben immer viel gelacht.
Und die meisten Mädchen haben bei diesen Feiern
ihren Mann kennengelernt.
Das war das Wichtigste für ein Mädchen.
Einen Mann zu finden."

Esther muss lachen.
Es ist schön, mit Oma über früher zu reden.

Spazieren gehen

Im Wald ist es ganz still.
„Geh du nur mit Bob raus“, hat Oma gesagt.
„Bob freut sich immer so, wenn du da bist.
Weil du mit ihm spielst und tobst.
Ich gehe immer nur mit ihm spazieren.“
Und jetzt geht Esther mit Bob durch den Wald.

Esther wirft einen Stock und Bob rennt hinterher.
„Bring mir den Stock“, ruft Esther.
Aber Bob bringt den Stock nicht zurück.
Er nimmt den Stock ins Maul
und kaut ein bisschen darauf herum.
„Komm“, ruft Esther.
Aber das macht Bob auch nicht.
Dann läuft Esther davon.
Bob rennt ihr sofort nach.

Früher ist Oma hier entlanggelaufen.
Vor 45 Jahren.
Oma war damals schwanger, genau wie sie jetzt.
Früher war es schlimm,
schwanger und unverheiratet zu sein.

Oma hat sich nicht getraut,
es ihrer Mutter zu sagen.
Sie hatte Angst, dass ihre Mutter sie fortschickt.

Oma hat es dann Opa gesagt.
Der war sehr erschrocken.
Aber er hat Oma sofort gefragt,
ob sie ihn heiraten will.
„Ich wollte dich sowieso heiraten",
hatte Opa gesagt.
„Jetzt heiraten wir einfach ein paar Jahre früher."
Oma war damals 19 und Opa 20.

Was Joris wohl sagt, wenn sie ihm erzählt,
dass sie schwanger ist?
Dass er sie doch schon immer heiraten wollte?
Nein, bestimmt nicht.
Vielleicht sollte sie ihn anrufen.
Oder ihm schreiben.
Er muss es doch wissen.
Joris, mit diesem tollen Körper.
Mit wie vielen Mädchen er wohl schon im Bett war?
Es war ihr erstes Mal.
Aber es war bestimmt nicht das erste Mal für Joris.

Vielleicht sagt Joris ja doch, dass er sie heiraten will.
Man weiß ja nie.
Dann wäre Esther das glücklichste Mädchen
auf der ganzen Welt.
Man muss sich das mal vorstellen: Joris heiraten.
Den coolsten Jungen der Schule heiraten.

Eingeschneit

Abends schneit es wieder.
Der Schnee fällt die ganze Nacht lang.
Große Flocken fallen auf den kleinen Bauernhof.
Oma und Esther merken nichts davon.
Die Fensterläden sind zu.
Oma und Esther liegen in ihren Alkoven.

Esther schläft nicht.
Sie denkt an Joris.
Dann trifft sie eine Entscheidung.
Ich erzähle es ihm jetzt, denkt sie.
Sie nimmt ihr Handy und wählt
die Nummer von Joris.
Und dann erzählt sie.
Joris sagt erst einmal nichts.
Dann sagt er: „Shit, Esther.
So ein Mist.
Beim ersten Mal, verdammt.
Aber eine Abtreibung ist gar nicht so schlimm.
Das klingt jetzt vielleicht blöd,
aber es ist echt nicht so schlimm.
Das hat Susanne auch gesagt."

„Susanne?“, fragt Esther überrascht.
„Ja, Susanne, aus der 9C.
Sie war letztes Jahr schwanger.
Sie hat es abtreiben lassen.
Sie war drei Tage nicht in der Schule.
Danach war alles wieder okay.“

„War sie von dir schwanger?“
Esther flüstert fast.
„Ja, wahrscheinlich schon.
Aber als Mann weiß man das natürlich nie genau.“
Joris lacht kurz.

Esther sagt nichts mehr.
Hätte ich doch bloß nicht angerufen, denkt sie.
Hätte ich ihm doch bloß nichts gesagt.
Sie legt auf und weint.
Eine ganze Zeit lang.
Sie wollte doch heiraten ...
Aber daraus wird wohl nichts.

Am nächsten Morgen ist Esther schon früh wach.
Sie zieht sich an und will rausgehen,
um die Fensterläden zu öffnen.

Sie drückt gegen die Haustür,
aber die geht nicht auf.
Sie drückt fester.
Die Tür bewegt sich ein wenig.
Leise rieselt etwas Schnee herein.
„Oma!“, ruft Esther.
„Wir sind eingeschneit. Hurra!“

Oma kommt verschlafen um die Ecke.
Sie muss über Esthers Begeisterung lachen.
„Es klingt schöner, als es ist“, sagt Oma.
„Ich bin froh, dass du da bist.
Dass ich nicht ganz alleine im Haus festsitze.“

Zu jung für ein Kind

„Wir machen Eintopf“, sagt Oma.
„Was möchtest du lieber:
Möhren, Sauerkraut oder Grünkohl?“
„Grünkohl“, sagt Esther. „Mit Wurst. Lecker.“
Zusammen schälen sie die Kartoffeln.

„Findest du mich zu jung für ein Baby?“,
fragt Esther plötzlich.
„Nein, nicht wirklich“, sagt Oma.
„Du könntest dich bestimmt
um ein Baby kümmern.
Da bin ich mir sicher.
Alle Frauen in unserer Familie
haben jung geheiratet.
Und sie haben jung Kinder gekriegt:
mit 17, 18 Jahren war das ganz normal.
Nur Marlies war älter,
als sie dich bekommen hat.
Aber …“

Oma zögert kurz.
„Was?“, fragt Esther.

„Jetzt sind andere Zeiten", fährt Oma fort.
„Früher haben Mädchen geheiratet
und Kinder gekriegt. Mehr nicht.
Sie gingen zwar auf die Hauptschule,
aber meistens haben sie nicht weitergelernt.
Keine andere Schule besucht, keinen Beruf gelernt.
Sie haben gearbeitet, bis zur Hochzeit.
Die Arbeit war meistens nicht so gut.
Schließlich hatten die Mädchen keine Ausbildung.
Frauen und Mädchen haben auch weniger Geld
für ihre Arbeit bekommen als Männer."

Esther sieht Oma mit großen Augen an.
„Haben Frauen immer weniger verdient
als Männer?", fragt sie.
Oma nickt. „Ja. In den Fabriken haben Männer
immer mehr Geld bekommen.
Obwohl sie genau die gleiche Arbeit gemacht haben.
In den Schulen war es auch so.
Lehrer bekamen mehr Geld als Lehrerinnen.
Das war überall so."

Esther starrt nach draußen.
Wie unfair es früher war, denkt sie.

„Die meisten Mädchen waren froh,
wenn sie heiraten konnten“, erzählt Oma weiter.
„Dann mussten sie nicht mehr arbeiten.
Und sie mussten nicht mehr bei den Eltern wohnen.
So war es damals eben:
Mädchen wohnten bei den Eltern, bis sie heirateten.
Jungen konnten ausziehen.
Aber Mädchen nicht.
Darum war es logisch,
dass Mädchen jung geheiratet haben.
Und wenn man erst mal verheiratet war,
kriegte man Kinder.
So ging das eben.
Die Pille gab es noch nicht.
Kondome gab es zwar, aber die waren verboten.
Man konnte sie nirgendwo so einfach kaufen.
Und heute ...“
Oma lacht kurz.
„Heute gibt es sie sogar in Automaten.“

Opa

Alle Kartoffeln sind geschält.
Jetzt muss der Grünkohl geschnitten werden.
Oma hat den Grünkohl gestern geerntet.
Zum Glück. Heute kann man ihn
unter dem ganzen Schnee nicht mal finden.

„Du musst die Blätter ganz klein schneiden“,
sagt Oma. „So schmeckt er am besten.“
Esther gibt ihr Bestes, aber es ist nicht leicht.
Marlies hat schon irgendwie recht, denkt Esther.
Es ist viel einfacher, alles im Laden zu kaufen.

„Wie war es, als Marlies noch jung war?“,
fragt Esther ihre Oma.
„Damals konnten Mädchen
doch schon mehr lernen
und eine gute Arbeit finden?“
Oma nickt.
„Ja, natürlich.
Für Mädchen aus der Stadt war das ganz normal.
Sie machten alles, was Jungen auch machten:
studieren, arbeiten, ausziehen.

Aber hier, in den kleinen Dörfern,
war das nicht so normal.
Als Marlies nach Berlin ging,
fanden die Leute hier das ziemlich komisch."

„Du auch?", fragt Esther.
„Fandet Opa und du das gut?"
Oma zögert kurz. „Opa nicht", sagt sie dann.
„Marlies hat sich oft mit Opa gestritten.
Opa wollte, dass Marlies hierbleibt.
Er wollte auf sie aufpassen.
Aber Marlies wollte das nicht.
Sie wollte ihre Freiheit.
Sie wollte selbst über ihr Leben entscheiden.
Eines Tages nahm sie den Zug nach Berlin."

Den Rest der Geschichte kennt Esther.
Marlies arbeitete bei einer Zeitung.
Sie mietete ein kleines, altes Zimmer.
Und sie studierte.
Es gefiel ihr in Berlin.
Sie arbeitete sehr hart.
Sie kam fast nie nach Hause.
Nur zu Weihnachten.

„Wie lange war Opa wütend?", fragt Esther.
Wieder zögert Oma.
„Lange. Sehr lange.
Er fand es verrückt, was Marlies macht.
Marlies hat nicht geheiratet.
Marlies bekam keine Kinder.
Das gefiel ihm nicht.
Er sah nicht, wie gut Marlies sich entwickelte.
Als sie fertig war mit dem Studium,
bekam sie eine sehr gute Stelle.
Bei der Zeitung, wo sie schon gearbeitet hatte.
Sie kaufte eine tolle Wohnung.
Das hat sie alles alleine geschafft, ganz ohne Mann.
Aber Opa hat nie gesagt,
dass sie sich gut gemacht hatte.
Aber das hat sie, Esther. Sehr gut sogar."

Das alte Zimmer von Marlies

Esther und Oma bereiten das Kellerzimmer vor.
Das alte Bett von Marlies steht noch darin.
Es ist ein Ausziehbett.
Unter dem Bett ist eine Schublade.
In der Schublade ist noch ein Bett.
Marlies und Daniel können gut darauf schlafen.
Marlies liegt dann nur
ein kleines bisschen höher als Daniel.
Oder Daniel liegt ein bisschen höher als Marlies.

Sie beziehen das Bett mit frischen Laken.
Sie holen Bettdecken und Kissen aus dem Schrank.
Sie wischen und saugen Staub im Zimmer.
Sie putzen sogar noch das Fenster.

„Sollen wir einen kleinen Weihnachtsbaum
ins Zimmer stellen?“, fragt Esther.
„Das ist eine gute Idee“, sagt Oma.
„Vor der Küche steht ein kleiner Tannenbaum.
In einem großen Topf.
Hol den doch bitte rein.
Dann können wir ihn mit Lichtern schmücken.“

Esther öffnet die Haustür.
Es geht schon wieder schwer.
Am Morgen haben sie den Schnee weggeschaufelt.
Vor der Tür und am Haus entlang
haben sie einen Weg freigemacht.
Aber es ist wieder neuer Schnee gefallen.
Wir können von vorne anfangen, denkt Esther.
Sie geht um das Haus herum.
Wo steht der Baum denn jetzt?
Ach ja, natürlich, auf den ist auch Schnee gefallen.
Esther gräbt ein bisschen im Schnee,
dort, wo sie etwas Grünes sieht.
Zum Glück: Es ist der Tannenbaum.

Sie schüttelt den meisten Schnee
von dem Bäumchen ab und nimmt ihn mit ins Haus.
Sie stellt den Baum in die Küche.
Wenn der restliche Schnee geschmolzen ist,
können sie ihn schmücken.

„Kommt auch ein Weihnachtsbaum
ins Wohnzimmer?“, fragt Esther.
„Ja, natürlich“, sagt Oma.
„Ich habe schon einen Weihnachtsbaum gekauft.

Er steht im Schuppen.
Da liegen auch ein paar Tannenzweige.“
„Oh, das ist gut“, meint Esther erleichtert.
„Wir können ja jetzt nirgendwo hin.“
Oma lacht.
„Du wolltest doch so gerne eingeschneit werden“,
sagt sie.

Hilfe für Mutter und Kind

Das Kellerzimmer ist fertig.
Darin steht ein kleiner Tannenbaum mit Lichtern.
Im Wohnzimmer steht ein großer Weihnachtsbaum.
Er ist schön geschmückt.
Goldene und rote Kugeln hängen an den Zweigen.
Alles funkelt.

Esther sitzt mit Oma am Küchentisch.
Sie binden die Tannenzweige zusammen,
um sie über die Fenster zu hängen.
Mit Draht binden sie die Zweige an ein dickes Seil.
Es ist viel Arbeit, aber auch eine schöne Arbeit.

„Was ist das für eine Nummer,
die da auf deiner Hand steht?“, fragt Oma.
Esther sieht auf ihre Hand.
Sie kann die Nummer fast nicht mehr lesen.
Ja, was war das noch mal?
Dann sieht sie den Jungen wieder vor sich,
auf dem Bahnhof.
„Oh ja, jetzt weiß ich es wieder.
Es hing ein Plakat am Bahnhof.

Darauf stand so etwas wie:
Hilfe für Mädchen, die schwanger sind.
Ich dachte: Vielleicht ist das was für mich.
Aber ich habe gar nicht mehr daran gedacht."

Oma nickt.
„Weißt du, was das ist?", fragt Esther.
„Ich glaube, ich kenne das", sagt Oma.
„Hilfe für Mutter und Kind?"
„Ja", sagt Esther, „genau das war es."
„Das sind Leute, die gegen Abtreibungen sind.
Sie finden, dass man ein Baby
auf jeden Fall bekommen sollte.
Wenn man das Baby nicht behalten will,
suchen sie eine Familie für das Baby."

Esther muss kurz überlegen.
„Dann gibt man sein Baby also weg?", fragt sie dann.
„Ja. Früher wurde das oft gemacht.
Damals war es eine Schande,
wenn ein Mädchen ein Kind bekam
und keinen Mann hatte.
Heute ist das nicht mehr schlimm.
Aber trotzdem gibt es Mädchen,

die ihr Kind nicht haben wollen.
Sie wollen keine Abtreibung,
aber auch kein Baby."

„Können sie ihr Kind später wiederbekommen?",
fragt Esther.
Oma schüttelt den Kopf.
„Ich glaube nicht. Früher ging das gar nicht.
Vielleicht ist es heute etwas leichter.
Aber denk doch mal an die neuen Eltern.
Sie freuen sich über das Kind.
Sie sorgen für das Kind.
Vielleicht viele Jahre lang.
Und dann steht plötzlich die Mutter vor der Tür.
Und die will dann ihr Kind zurück.
Das ist für die Eltern und das Kind
natürlich nicht so schön."

Wieder überlegt Esther kurz.
Nein, das ist nichts für sie.
Erst ein Baby kriegen und es dann weggeben.

Ur-Großeltern

Oma hat wieder ein Fotoalbum
aus dem Schrank genommen.
Das ist das Album von Omas Eltern.
Das sind Esthers Ur-Großeltern.
Sie wurden vor mehr als 100 Jahren geboren.
Und sie lebten auch hier auf dem Bauernhof.

„Meine Mutter hieß auch Esther“, erzählt Oma.
„Esther Maria Elisabeth.
So hieß ihre Mutter auch.
Und so heiße ich auch.“
„Und ich auch“, sagt Esther überrascht.
„Ich wusste gar nicht, dass es ein Familienname ist.“
„Ja, das ist es“, sagt Oma.
„Und Marlies?“, fragt Esther.

„Deine Mutter heißt auch Esther Maria Elisabeth.
Aber sie wollte lieber Marlies genannt werden.
Mar von Maria und Lies von Elisabeth.“
„Das hat sie mir nie erzählt“, sagt Esther.
Und sie denkt sich:
Wenn ich ein Mädchen kriege,

nenne ich es auch Esther.
Esther Maria Elisabeth.

Oma blättert durch das Fotoalbum.
Sie nennt die Namen von ihren Brüdern
und Schwestern.
Sie sagen Esther nicht viel.
Sie kennt diese Leute nicht.
Sie hat noch nie einen Bruder oder eine Schwester
von ihrer Oma gesehen.
„Wo leben deine Brüder und Schwestern
eigentlich?“, fragt Esther.

Oma schlägt das Familienalbum zu und seufzt.
„Sie sind alle tot“, sagt sie leise.
„Gestorben im Zweiten Weltkrieg.
Meine Schwester ist krank geworden.
Wir lebten damals so ungesund.
Und wir hatten immer Hunger.
Ich war die Jüngste.
Darum bekam ich am meisten.
Darum lebe ich noch.
Meine Brüder wurden alle gefangen genommen.
Mein Vater auch.

Alle Männer aus dem Dorf
mussten in den Krieg, nach Russland.
Dort wurden sie gefangen genommen
und mussten arbeiten.
Nur wenige Männer sind zurückgekommen.
Nach dem Krieg gab es hier nur noch Frauen.
Vor dem Krieg haben 10 Personen
in diesem Haus gewohnt.
Nach dem Krieg waren nur
meine Mutter und ich noch da."

Esther wird ganz still.
Das war sicher keine einfache Zeit, denkt sie.

Daniel

Marlies ruft an.
„Wie machen wir das jetzt mit Weihnachten?“,
fragt Marlies.
„Wir können nicht mit dem Auto zu euch kommen.
Die Straßen sind nicht geräumt.
Alles ist voller Schnee.“
„Noch ist nicht Weihnachten“, sagt Oma.
„Es kann noch viel passieren.
Wir rechnen mit euch.“

„Glaubst du, dass sie glücklich zusammen sind?“,
fragt Esther plötzlich.
„Wer?“, fragt Oma. „Marlies und Daniel?“
Esther nickt.
„Ja, das glaube ich schon“, antwortet Oma.
„Ich glaube, Marlies kann nicht ohne Daniel.
Daniel macht alles im Haushalt.
Daniel sorgt für dich.
Daniel ist immer ruhig.
Das braucht Marlies.“
„Und Daniel?“, fragt Esther.
„Was hat er an Marlies?“

Oma lacht kurz auf.
„Daniel ist ein Träumer“, sagt Oma.
„Daniel ist ein Dichter.
Daniel ist der liebste Mann auf der Welt,
aber er ist nicht praktisch veranlagt.
Marlies schon.
Marlies kümmert sich ums Geld.
Marlies regelt alles.
Daniel kann das nicht.“
Esther denkt nach. Ja, das stimmt.
Aber so hat Esther ihre Eltern noch nie gesehen.

„Wie findet Daniel es eigentlich?“, fragt Oma dann.
„Wie denkt er über dein Baby?“
Esther schaut auf ihre Hände.
Sie hat wieder an den Fingernägeln geknabbert.
„Daniel findet, dass ich es selbst entscheiden soll“,
sagt Esther.
„Daniel findet, dass ich mir alles gut überlegen soll.
Er will nicht, dass ich meine Entscheidung bereue.“

Esther ist eine Weile ruhig.
„Daniel würde auch für mein Baby sorgen“,
sagt sie dann.

Oma nickt.
„Willst du das denn?“, fragt sie.
„Ich weiß nicht, was ich will“, sagt Esther düster.
„Es ist alles so schwierig.“

„Ja“, sagt Oma.
„Manchmal ist es leichter, wenn jemand anderes
für einen die Entscheidung trifft.
Aber das geht jetzt nicht, Esther.
Du musst da ganz alleine durch.“

Plötzlich hat Esther Mitleid mit ihrem Baby.
Was hat es bloß für eine Mutter?
Und was für einen Vater?
Wenn ein Kind geboren wird,
müssen sich doch beide Eltern darüber freuen,
denkt Esther.

Doch nicht so toll

Es schneit weiter.
Jeden Morgen schaufeln Esther und ihre Oma
eine riesige Menge Schnee weg.
Sie haben einen Weg bis zur Straße freigemacht.
Sie haben einen Weg rund ums Haus gemacht.
Und jeden Tag machen sie die Wege neu.

Am Anfang war es toll.
Richtig spannend.
Aber jetzt wird er langsam nervig,
dieser ganze Schnee.
Es wird auch immer schwieriger, Bob rauszulassen.
Er sackt im Schnee tief ein.
Und dann kriegt er Angst.

„Es kommt nicht oft vor,
dass wir so lange eingeschneit sind“, sagt Oma.
„Ich hoffe, dass es bald vorbei ist.
Denn wenn der ganze Schnee schmilzt...“
„Was dann?“, fragt Esther.
„Dann gibt es so viel Wasser“, sagt Oma.
„Dann wohnen wir in einem See.“

Esther muss lachen.
„Das Haus liegt doch höher als das Land?“, fragt sie.
„O ja“, sagt Oma.
„Zum Glück.
Und der Boden hier ist sandig.
Da fließt das Wasser schnell ab.“

„Glaubst du, dass Marlies und Daniel
an Weihnachten kommen können?“, fragt Esther.
„Sehen wir uns doch mal den Wetterbericht an“,
sagt Oma.

Sie macht den Fernseher an.
Es ist das erste Mal, dass sie fernsehen.
Es gab immer so viel zu tun.
Sie hatten gar keine Zeit dafür.

Anhaltende Schneefälle. Mäßiger Frost.
So steht es im Teletext.
„Das sieht nicht gut aus“, murmelt Oma.
„Wir haben doch genug zu essen?
Das hast du doch gesagt?“
Esther sieht ein wenig ängstlich aus.
Oma muss lachen.

„Ja, wir haben genug im Haus.
Und es gibt genug Holz für den Ofen.
Die Tiere und wir werden keinen Hunger leiden
und auch nicht frieren.
Aber ich mache mir Sorgen um etwas anderes.
Stell dir vor, einer von uns wird krank
und muss zum Arzt.
Was machen wir dann?
Wir können nicht mit dem Auto weg."

Esther schaut düster drein.
Nein, vielleicht ist es doch nicht so toll,
eingeschneit zu sein.
„Wir bleiben einfach gesund", entscheidet sie dann.

Besuch

Esther und Oma sitzen gemeinsam
im Wohnzimmer.
Die Fensterläden sind zu.
Die Kerzen sind an.
Oma hat auch die Lampe angemacht,
weil Esther liest.
Es ist eine Öl-Lampe, eine ganz alte.
In einem Behälter aus Kupfer ist das Öl.
Darüber ist eine Art Lampion aus Glas.
Ein Docht hängt in dem Öl,
und die Flamme leuchtet hell in dem Glas.
Die Lampe hängt schon lange in diesem Haus.
Früher gab es keine Elektrizität.
Damals waren alle Lampen Öl-Lampen.
Es riecht auch ein bisschen nach Öl im Zimmer.

Marlies findet, dass Oma
eine normale Lampe kaufen sollte.
Elektrisches Licht ist viel einfacher, sagt Marlies.
Und sauberer. Und sicherer.
Aber Oma findet das überflüssig.
Die Lampe hängt schon seit mehr

als 100 Jahren dort, sagt Oma.
Die wird noch ein paar Jahre schaffen.

Plötzlich ertönt die Türklingel.
Esther und ihre Oma sehen sich überrascht an.
Wer kann das sein? So spät?
Und bei dem ganzen Schnee?
Sie haben auch nichts gehört.
Kein Auto, keinen Roller.
Oma geht zur Tür.
Esther geht mit.
„Macht auf, uns ist kalt“, ruft Marlies.

Kurze Zeit später stehen sie im Flur:
Daniel und Marlies.
Mit drei Taschen und einem Koffer.
Sie haben rote Wangen von der Kälte.
Sie stampfen sich den Schnee von den Stiefeln.
Ihre Augen strahlen.
„Ratet mal, wie wir hier hergekommen sind.“

Esther sieht nach draußen.
Es sieht wunderschön aus.
Der Mond scheint auf den Schnee.

Es ist überhaupt nicht dunkel draußen.
Sie sieht den Wald und die Straße.
Aber sie sieht kein Auto.
„Auf Skiern“, rät sie.
Marlies schüttelt den Kopf.
„Das geht nicht mit dem ganzen Gepäck.“
„Mit dem Schlitten“, sagt Oma.
„Gut!“, sagt Daniel lachend.

Mit dem Schlitten?
Wirklich?

Ein Ausflug mit dem Schlitten

„Die Züge fahren ganz normal“, erzählt Marlies.
„Natürlich nicht pünktlich.
Aber wir konnten mit dem Zug bis ins Dorf fahren.“
Sie sitzen alle am Küchentisch.
Bob liegt unter dem Tisch.
Die Katzen liegen bei Oma auf dem Schoß.
Oma hat heißen Kakao gemacht.

„Bis zum Bahnhof lief es gut.
Aber von dort aus fuhr nichts.
Kein Bus, kein Taxi.
Wir dachten uns: Dann laufen wir eben.
Aber vom Bahnhof aus ist es noch
so schrecklich weit bis hierhin.
Und es hat gar nicht mehr aufgehört zu schneien.
Wir brauchten eine Stunde für einen Kilometer.
Dann kam uns Hendrik entgegen.“

„Ja, der wohnt hier noch“, sagt Oma zu Esther.
„Hendrik war Opas bester Freund.
Als Marlies noch klein war,
kam er oft herüber.“

„Hendrik hat sehr gelacht, als er uns sah.
Er sagte: Ich habe noch einen alten Schlitten.
Den könnt ihr haben."
Marlies grinst.
„So haben wir das dann gemacht", sagt Daniel.
„Marlies mit dem Gepäck in den Schlitten.
Und ich hab gezogen.
Zum Glück war es ein guter Schlitten.
Trotzdem haben wir lange gebraucht."
Daniel sieht auf seine Uhr.
„Vier Stunden", sagt er.

„Wir wollten auf jeden Fall
Weihnachten hier feiern", sagt Marlies.
„Das haben wir doch jedes Jahr so gemacht.
An Weihnachten sind wir hier."
Oma sieht sie lächelnd an.
Sie freut sich, dass Marlies da ist.

„Euer Zimmer ist schon fertig", sagt Esther.
„Ihr schlaft im Keller.
Seht es euch nur an.
Es sieht sehr gemütlich aus.
Mit einem Weihnachtsbaum."

Leckereien

Daniel und Marlies haben Taschen
voller Leckereien mitgebracht.
Frisches Obst. Kekse. Schokolade. Nüsse.
Einen Weihnachtskranz. Französischen Käse.

Mmm, denkt Esther.
Ihr hat nichts gefehlt.
Aber jetzt, als sie die ganzen Leckereien
auf dem Tisch liegen sieht …

Marlies und Daniel gefällt der Weihnachtsschmuck.
Der kleine Baum im Keller.
Der große Tannenbaum im Wohnzimmer.
Und die tollen Zweige über den Fenstern.
„Wie schön“, sagt Daniel.
„Zu Hause haben wir nicht geschmückt.“
„So ist es doch viel schöner.
Und es riecht so gut.“
Esther lächelt stolz.

„Geht ihr nur schlafen“,
sagt Oma zu Marlies und Daniel.

„Ihr müsst todmüde sein nach der Reise
durch den Schnee."

Marlies nickt.
„Schon. Aber es war auch aufregend.
Und romantisch, so im hellen Mondlicht.
Mit dem ganzen Schnee.
Ich habe mich gefühlt, als ob wir
die einzigen Menschen auf der Welt wären.
Es war total ruhig. Und eiskalt.
Als ob wir ganz weit weg wären.
Nicht in Deutschland.
Sondern in Russland oder so."

„Seid bloß froh, dass ihr nicht in Russland wart",
sagt Esther. „Ihr wärt bestimmt
von Wölfen angegriffen worden.
Mit den ganzen Leckereien, die ihr dabeihattet."
„Die Wölfe würden uns zuerst fressen", sagt Daniel.
„Und dann die Leckereien, als Nachtisch."
Alle lachen los.

Dann gehen alle schlafen.
Wie jeden Abend springen die Katzen

zu Esther ins Bett.
Sie rollen sich ganz eng zusammen
und liegen ganz nah bei Esther.
Es ist gemütlich und warm.
Esther liegt lange wach.
Sie freut sich, dass Marlies und Daniel da sind.
Aber jetzt kann sie nicht mehr so leicht
mit Oma über alles reden.
Das findet Esther schon schade.

Das Iglu

Draußen ist fantastisches Wetter.
Die Sonne scheint und es weht kein Wind.
„Das ist das richtige Wetter
für einen Spaziergang im Wald“, sagt Marlies.
„Ich finde, es ist das richtige Wetter
für einen Schneemann“, sagt Daniel.
„Oder ein Iglu.“
„Kannst du das denn?“, fragt Esther.
„Ein Iglu bauen? Weißt du, wie man das macht?“
„Ja, ich glaube schon“, sagt Daniel.
„Das kann doch nicht so schwer sein, oder?“

„Ich gehe im Wald spazieren“, sagt Marlies.
„Mit Bob. Was machst du, Esther?“
„Hm“, sagt Esther.
„Ich glaube, ich bin für das Iglu.
Ich bin in den letzten Tagen schon so oft
mit Bob durch den Wald gegangen.“

„Okay“, sagt Daniel.
„Zieh dich warm an.
Dann spielen wir Eskimo.“

Kurze Zeit später stehen sie im Tiefschnee.
Sie haben Eimer dabei.
Die füllen sie mit Schnee.
„Gut festdrücken und dann umdrehen", sagt Daniel.
„So machen wir die Bausteine.
Wo sollen wir das Iglu hinbauen?"
Esther sieht sich um.
Sie zuckt mit den Schultern.
„Egal", sagt sie.

„Mitten auf die Weide", sagt Daniel.
„Das ist ein guter Platz."
Sie stapfen durch den Schnee zur Mitte der Weide.
Dort trampeln sie den Schnee fest.
„So, den Boden haben wir schon mal", sagt Daniel.
„Jetzt noch die Mauern und das Dach."

Sie arbeiten eine ganze Zeit
mit den Eimern und dem Schnee.
Ihnen ist überhaupt nicht kalt.
Das kommt von der schweren Arbeit.

Nach einer Stunde betrachten Esther und Daniel
stolz ihr Werk.

Es ist ein schönes Iglu.
Es ist rund, genau wie ein echtes Iglu.
Die Wände gehen schräg nach oben.
Vorne gibt es eine Öffnung, eine Tür.
In der Mitte vom Dach ist ein rundes Loch.

„Bleibt das so?“, fragt Esther.
Daniel nickt.
„Das ist der Schornstein“, sagt er.
„Da zieht der Rauch nach draußen.“

Im Iglu

Marlies und Esther sitzen zusammen im Iglu.
Oma hat ein paar alte Hocker
aus dem Schuppen geholt.
Daniel hat warmen Apfelwein gemacht,
mit Kräutern.
„Das gehört im Winter einfach dazu“, sagt er.

„Machen wir ein Feuer im Iglu?“, fragt Esther.
Daniel überlegt kurz.
„Ich weiß schon wie“, sagt er dann.
Kurz darauf kommt er mit einer Feuerschale
voll Holz an.
„Ihr könnt ein Feuer machen“, sagt er
zu Marlies und Esther.
„Ich helfe Oma in der Küche.“

Marlies zündet das Feuer an.
Der Rauch zieht durch das Loch im Dach ab.
Genau wie Daniel gesagt hat.
„Hach, ist das gemütlich“, sagt Marlies.
Sie nimmt einen Schluck Apfelwein.
Esther nickt. Sehr gemütlich.

„Ich habe eine Frage“, sagt Esther dann.
„Tut das weh, so eine Abtreibung?“
Marlies schüttelt den Kopf.
„Nein. Nicht wenn man es
in einem Krankenhaus macht.
Dann kriegt man eine Spritze und schläft ein.
Wenn man wach wird, ist alles vorbei.“

„Und danach. Tut es dann weh?“
Wieder schüttelt Marlies den Kopf.
„Nein. Es ist ein bisschen,
als ob man seine Tage hat.
Man verliert etwas Blut.
Aber nach ein paar Tagen ist auch das vorbei.“

„Bist du dir sicher?“, fragt Esther.
„Ich habe mal gehört,
dass es auch komplett schiefgehen kann.
Dass man so stark blutet, dass man daran stirbt.
Oder dass man nie wieder Kinder kriegen kann.“

„Früher war das so“, sagt Marlies.
„Früher durften Krankenhäuser
keine Abtreibungen vornehmen.

Dann haben die Frauen selbst
alles Mögliche ausprobiert.
Das war sehr gefährlich.
Sie stachen mit Stricknadeln in die Gebärmutter.
Natürlich ging das oft schief."

„Also ist es heute nicht schlimm?", sagt Esther.
„Nein", sagt Marlies. „Wirklich nicht.
Ich würde doch nie wollen,
dass dir etwas passiert."

Pläne

Oma und Daniel sind auch ins Iglu gekommen
und haben sich zu Esther und Marlies gesetzt.
Sie haben ein paar Leckereien mitgebracht.
„Wie schön es hier drin ist“, sagt Oma.
„Camping im Schneezelt.
Ich wohne schon so lange hier,
aber so was habe ich noch nie gemacht.“

„Hast du nie woanders gewohnt?“,
fragt Daniel Oma.
Oma schüttelt den Kopf. „Nein, nie.
Erst habe ich hier mit meinen Eltern,
meinen Brüdern und meiner Schwester gelebt.
Dann alleine mit meiner Mutter.
Dann mit meiner Mutter und meinem Mann.
Dann kam Marlies dazu.
Danach starb meine Mutter.
Und dann zog Marlies weg.
Als mein Mann starb, wollte ich erst wegziehen.
Ich war so einsam.
Aber ich mochte den Bauernhof zu sehr,
um zu gehen.“

„Das verstehe ich", sagt Daniel.
„Es ist wundervoll hier. Und so ruhig."
„Aber so weit weg von allem", findet Marlies.
„Und das Haus ist so alt.
Zwar gemütlich, aber alles knackt und knirscht."

„Ich würde gerne hier wohnen", sagt Esther.
„Ich auch", sagt Daniel.
„Ich nicht", sagt Marlies.
Oma lacht.

„Wenn ich sterbe, erbt ihr den Bauernhof", sagt sie.
„Das kann natürlich noch lange dauern.
Aber vielleicht passiert das auch
schon nächstes Jahr.
Das weiß man nie.
Ihr solltet euch mal überlegen,
was ihr dann mit dem Hof machen wollt."

„Bleib noch ganz lange am Leben, Oma.
Bitte", sagt Esther.
„Wenn ich mit der Schule fertig bin,
dann ziehe ich zu dir.
Dann mache ich hier eine Pension für Hunde auf.

Und einen Stall mit Ponys, auf denen die Kinder aus der Nachbarschaft dann reiten können."
Alle müssen lachen.
„Das wäre schön", sagt Oma.
„Dann bleibt das Haus in der Familie."

Heiligabend

Den ganzen Tag lang bereiten sie
das Essen für Weihnachten vor.
Oma backt Stollen.
Daniel macht Pilzsuppe.
Marlies brät eine Pute.
Esther macht einen Nachtisch
aus Biskuit und Obst-Stückchen.
Trifle heißt der. Es ist ein englischer Nachtisch.
Esther findet ihn unglaublich lecker.

Oma hat die schönste Tischdecke
aus dem Schrank geholt.
„Oh, wie hübsch", sagt Marlies.
„Die Tischdecke von Oma, von meiner Oma."
Oma nickt.
„Meine Mutter hat diese Tischdecke
selbst gemacht", sagt sie.
„Damals haben Frauen immer
Handarbeiten gemacht.
Vor allem im Winter.
Dann gab es auf dem Land wenig zu tun.
Und Fernsehen gab es noch nicht."

Esther sieht sich die Tischdecke an.
Die Decke ist weiß, mit grauen Blumen.
Die Blumen sind daraufgestickt.
Das muss viel Arbeit gewesen sein.
„Wie lange hat deine Mutter dafür gebraucht?“,
fragt Esther.
„Oh, einen ganzen Winter lang“, sagt Oma.
„Jeden Abend ein Stückchen.
Und im nächsten Winter hat sie
die Servietten gemacht.
Das war noch mal so viel Arbeit.“

Oma legt die Tischdecke und die Servietten
auf den Tisch.
Sie nimmt die silbernen Messer, Löffel und Gabeln.
„Willst du den Tisch decken, Esther?“, fragt Oma.
„Ich setze mich ein bisschen hin“, sagt Esther.
„Ich habe plötzlich solche Bauchschmerzen.“
„Du hast zu viel Trifle genascht“, lacht Daniel.
„Ich habe es genau gesehen.
Du hast ständig noch einen Happen probiert.“

Esther geht ins Wohnzimmer
und setzt sich vor ein Fenster.

Sie sieht, wie die Schafe neugierig
um das Iglu herumlaufen.
Es wird schon ein bisschen dunkel.

Das ist ein schönes Weihnachtshaus
für die Schafe, denkt Esther.
Dort können sie heute Nacht gemütlich schlafen.

Dann schreit sie plötzlich auf.
Oma, Marlies und Daniel
kommen erschrocken angelaufen.

„Mein Bauch tut so weh", heult Esther.

Schmerzen

Daniel zieht den Schlitten durch die Nacht.
Auf dem Schlitten liegt Esther,
warm angezogen und in einem Schlafsack.
Sie hat immer noch schreckliche Bauchschmerzen.
Und sie verliert Blut.
Als ob sie ihre Tage hätte.

Oma hat Esther zwei Wärmflaschen mitgegeben.
Esther wusste nicht mal, was eine Wärmflasche ist.
Es sind Gummibeutel, voll mit heißem Wasser.
Die Beutel stecken in flauschigen Säcken.
Ein Sack liegt bei Esthers Füßen,
der andere auf ihrem Bauch.
So bleibt alles schön warm.

Daniel geht zügig weiter.
Der gefrorene Schnee knackt unter seinen Füßen.
Es ist das einzige Geräusch, das man hört.
Wenn Esther nicht solche Schmerzen hätte,
wäre es toll.
Die Stille, der Schnee, der Mondschein.
Und sie auf dem Schlitten.

Marlies hat im Krankenhaus angerufen.
Sie hat erzählt, was mit Esther los ist.
„Ihre Tochter muss sofort herkommen“,
hat der Arzt gesagt.
„Wir schicken einen Krankenwagen.“
Aber der Krankenwagen kommt nicht
zu Omas Haus durch.
Darum zieht Daniel den Schlitten bis ins Dorf.
Dort wartet der Krankenwagen schon auf Esther.

Daniel geht ziemlich schnell.
Weil der Schnee gefroren ist, sackt er nicht ein.
Er geht jetzt viel schneller als mit Marlies
auf dem Schlitten.
Ab und zu schläft Esther ein.
Das ist gut, dann spürt sie die Schmerzen nicht.

Brrr, brrr, klingt es durch die Nacht.
Es ist das Handy von Daniel.
Marlies ruft an und will wissen, wo die beiden sind.
Sie sagt, dass der Krankenwagen auf sie wartet.
„An der Ecke Waldweg und Dorfstraße“,
sagt Marlies.
„Wir sind fast da“, antwortet Daniel.

Traurig

Als Esther wieder aus dem Krankenhaus kommt,
ist der meiste Schnee weg.
Auf der Weide von Oma liegt noch
ein Haufen schmutziger Schnee vom Iglu.
Alles ist dreckig:
der Garten, die Weide, der Wald.
Der kleine Bauernhof sieht ganz traurig aus.

Aber drinnen ist es gemütlich.
Die Holzöfen brennen, die Kerzen sind an.
Auf dem Küchentisch liegt die bestickte Tischdecke.
Oma hat den Tisch mit dem Silber
und ihren schönsten Tellern gedeckt.
In der Küche riecht es lecker:
nach Stollen und nach Pute.
„Wir feiern einfach jetzt Weihnachten", sagt Oma.

Esther sitzt alleine im Wohnzimmer.
Oma und Marlies sind in der Küche beschäftigt.
Daniel hackt Holz im Schuppen.
Esther würde gerne mit Bob spazieren gehen.
Aber dafür ist sie noch zu schwach.

Esther erinnert sich kaum noch an das Krankenhaus.
Sie hat tagelang dort geschlafen.
Ihr Baby hat sie verloren.
Sie hatte eine Fehlgeburt.
Das hatte sie schon auf dem Schlitten gespürt.
Sie hatte so starke Bauchschmerzen.
Im Krankenhaus hat sie auch noch Fieber gekriegt.
Hohes Fieber.
Aber jetzt ist alles vorbei.

Sie fühlt sich merkwürdig leer und traurig.
Es ist leicht, weil sie jetzt
keine Entscheidung mehr treffen muss.
Abtreiben, das Baby weggeben
oder das Baby behalten.
So stand es in der Zeitschrift.
Das Baby verlieren, das stand nicht in der Zeitschrift.
Und trotzdem ist genau das passiert.

„Es hört sich jetzt vielleicht blöd an,
aber vielleicht ist es am besten so“, sagt Oma.
Marlies und Daniel sehen das genauso.

Erst reden, dann ausziehen

Esthers Handy klingelt.
Sie geht ran. Es ist Joris.
„Wie geht es dir?“, fragt Joris.
„Ich muss immer an dich denken.
Und was du jetzt wohl tun wirst, wegen dem Baby.
Ich war neulich nicht sehr nett zu dir.
Ich wollte dich nicht so allein lassen
mit der Entscheidung.“

Esther erzählt von der Fehlgeburt.
Sie erzählt vom Fieber und dem Krankenhaus.
Und dass es ihr jetzt wieder besser geht.
Sie erzählt, dass sie sich so leer fühlt.
Und wie traurig sie ist.
„Genau wie das Wetter“, sagt Joris.
„Das ist auch traurig.“

Esther muss lachen.
Das hatte sie auch schon gesagt.
Eigentlich ist es schön, dass Joris anruft.
„Vielleicht hätte ich das Baby sonst behalten“,
sagt Esther.

Joris wird ganz still.
Dann sagt er: „Dann wäre ich Vater geworden.
Dafür bin ich doch viel zu jung."

„Daran hätten wir vorher denken sollen",
sagt Esther wütend.
„Dann hättest du nicht mit mir
ins Bett gehen sollen."

Joris antwortet nicht.
„Oder du hättest ein Kondom benutzen müssen",
sagt Esther etwas weniger wütend.
„Die meisten Mädchen nehmen doch die Pille",
sagt Joris.
„Na ja, ich nicht", erklärt Esther.
„Und Susanne wohl auch nicht."
Und wieder ist Joris ganz still.

„Wir hätten vorher darüber sprechen sollen",
gibt Joris dann zu.
„Es ist natürlich dumm zu glauben,
dass nichts passieren würde.
Aber es ist nicht alleine meine Schuld, Esther.
Du hast auch nichts gesagt."

Ja, das stimmt natürlich auch.
Esther schämt sich jetzt ein bisschen.

„Es ist so schwierig, darüber zu sprechen", sagt sie.
„Vor allem, wenn man schon zusammen im Bett ist."
Joris grinst.
„Du kennst die Werbung doch, oder?", sagt er.
„Welche?", fragt Esther. „Ich mach's mit. Und du?"

„Nein, so in die Richtung:
Redet über Kondome, wenn ihr
die Unterhose noch anhabt."

Esther muss lachen.
„Manchmal hat die Werbung recht", sagt sie.

Wörter-Liste

Seite 12: Drogerie
Geschäft, in dem man Seife und andere Dinge für die Körperpflege kaufen kann

Seite 13: Weihnachts-Stern
Eine Pflanze mit roten oder weißen Blättern.
Sie wird oft zu Weihnachten verschenkt.

Seite 18: Wickeltasche
Tasche, in der man Sachen für ein Baby mitnimmt

Seite 24: Hörverständnis-Test
ein Test, bei dem man einen Text nur hört und ihn dabei verstehen muss

Seite 34: Fensterläden
Klappen aus Holz, die außen an den Fenstern angebracht sind. Es gibt sie an vielen alten Häusern.

Seite 38: Baguette
Ein längliches Weiß-Brot aus Frankreich.
Man spricht das „Bagett“ aus.

Seite 40: Alkoven
Ein Bett im Schrank oder in einer Wand. Das gibt es oft in alten Häusern. Es hat Türen, sodass man tagsüber das Bett nicht sieht. Durch die Türen ist es auch wärmer darin.

Seite 46: Kaulquappe
Jungtier von einem Frosch. Kaulquappen sehen noch gar nicht wie Frösche aus. Sie verwandeln sich, wenn sie erwachsen werden.

Seite 47: Stövchen
Auf einem Stövchen kann man etwas warmhalten, zum Beispiel Tee. Im Stövchen steht eine Kerze, die Teekanne stellt man darauf.

Seite 53: Schnee-Engel
Wenn man sich in den Schnee legt und mit Armen und Beinen wedelt, entsteht eine Figur im Schnee. Sie sieht aus wie ein Engel.

Seite 57: Silber-Politur
Silber-Besteck muss mit einer speziellen Paste geputzt werden, damit es glänzt.

Seite 62: Sweet sixteen, never been kissed
Titel eines berühmten Liedes (englisch).
Auf Deutsch: „Süße 16 Jahre und noch ungeküsst".

Seite 72: Shit
englisches Schimpfwort, sprich: schitt

Seite 75: Grünkohl
ein Wintergemüse, man kocht Eintopf daraus

Seite 95: Teletext
Nachrichten-Text auf dem Fernseher. Man kann verschiedene Themen auswählen.

Seite 105: Iglu
ein rundes Haus aus Schnee

Seite 105: Eskimo
Ein Mensch, der sehr weit im Norden lebt.
Eskimos lebten früher in Iglus.